페이크

이진희

시인의 말

다시라도 나는
지금과 똑같은 세계를 만들어내겠지만

사랑하네
쓸모없지만 빛나는 것들

2020년 4월

이진희

페이크

차례

**1부 사랑은 있고 사랑은 없고
사람 같은 사람은 희박해지고 있다지만**

2부 썩기 직전 가장 향기로웠던

3부 이것만으로 충분한 기분

4부 좋은지 나쁜지 알 수 없다

해설

1부

사랑은 있고 사랑은 없고 사람 같은
사람은 희박해지고 있다지만

생활

흰 꿈을 꾸고 일어난 아침
마당에 떨어진 한낱 깃털을 주워든다

무겁고도 아름답다
사라지고 없는 모든 조용한 것들

고통스럽게 죽어간 이들이 겪은 세계
협소한 잠자리 안에 웅크리고 있었다

잘 잠들고 잘 깨어나기 위해
사이좋게 살아가기 위해
단단한 근육과 뼈, 더운 피 그리고 무엇보다
사랑이 필요하다

무신경이라든가
스스로에 대한 과도한 애정보다는
밖으로 조금 더 밖으로

어제까지 살아 있던 이들의 아침과 저녁
대신 죽어간 이들의 손과 발

도처에 널려 있으므로
그들처럼 내가 죽어가야 할 순간
차분히 헤아리며 살아야 한다

공기 속에서

폐와 부레의 형성 기원을 생각한다
코와 아가미의 전혀 다른 형태를 생각한다
부러진 손가락과 부드러운 지느러미가
생각난다 가까스로 살아난 이들의
상처 입은 심장과

끝내 돌아오지 못한 이름들의
생년월일 성별 직업 인종 국적 고향마을
좋아하던 색깔과 노래 동물 첫사랑
부모형제 친구 이웃 동료들
지구는 둥글다

살아 있어서, 사람이라서
오른쪽으로 23.5도 기운 채 자전하는 지구와
왼쪽으로 기울어 영영 가라앉은 이들을
아무래도 생각하게 된다, 울면서

누가 정했을까

비슷한 말과 반대말을 가르는 기준
아픈 말과 말 같지 않은 말이 생각난다
둥근 공과 평화의 상관관계에 대해서는 갸우뚱한다

물속에선 곧장 물고기가 되었으면
두 다리가 스르륵 뗄 수 없이 엉겨 붙어버리고
공기 방울뿐인 말밖에 할 수 없게 되더라도
세상에서 가장 아름다운 비늘과 지느러미를 가진
생명으로 헤엄쳐 멀리 사라진 것이라면

비참한 세계의 공기를 호흡해야 하지만 우리는
우리가 전혀 모르는 사이에
서른여섯 번째 사람*이기 위한 서른일곱 번째
사람으로서 살려고 애써야 한다

* 이 세계가 망하지 않고 존재하는 이유는 36명의 의인이 세계의
고통을 모두 흡수하기 때문이며 그 중 하나가 죽으면 다른 의인이 나
타나 그 숫자를 채운다.
　　　　—도정일,『쓰잘데없이 고귀한 것들의 목록』에서

철원

푸른 하늘을 지붕 삼아 가을볕을 우뚝 떠받친 노동당사는 오른편 풀밭에 소풍 온 연인 한 쌍을 손님으로 맞고 있었다. 서로의 어깨에 기대어 책을 읽던 머리 희끗한 사내와 또래 여자, 불현듯 주위 방문자들과는 다른 시간에 개입한 듯 가을 국화에 슬몃 내려앉았다 날아오르는 나비 같은 입맞춤을 펼쳐 보이고는 각자의 책 속으로 눈을 돌렸다. 헛것이었을까. 한낱 헛된 꿈이었을까. 추문을 지어내려면 지어내라지. 뻔히 보이는 경계 안쪽 민둥산에 번지던 산불. 고집스럽게 피어오르던 연기. 서에서 동으로 전진했다는, 바로 세우고 싶은 것이 너무나 많았을 먼 옛날의 씩씩하고 싱싱했던 발걸음들 비무장 상태로 갇혀 있다. 공교로웠다. 억지로 나쁘게 기록하는 이들이 있다면 울면서 기억하는 사람들이 있다. 반드시 올바르게 기록하고자 하는 사람들이 있다. 제대로 기억하는 한 속수무책만은 아니다.

봄에서 여름–겨울방학 일기

슬픔에게 낚아 채인 기쁨을 들고
더는 팔이며 다리가
따뜻하고 까맣게 매끄러워질 수 없겠지

통통 분 신발에 돋은 검보라색 발톱
어떤 무거운 장소로도 옮겨지지 않는 책상들
매미가 우는 골목에서 개들이 짖는다

짠물이 된 눈동자
손에 잡히지 않는 육체

여름 냄새를 풍기기 시작한 흰 꽃
대가 굵어지는 나뭇가지들
아빠아— 하고 골목에서 길게 외치는 아이

짐승들의 더러운 잠에 등장하는
탈출 불가능한 그물

방학이 끝나갈 무렵에야
곤충 채집을 하지 않은 더운 날이
쓰라린 심장에 오롯이 표본되곤 했는데

제출할 일기를 쓰지 않겠다
진짜 악몽은 지금부터

햇빛과 그늘의 경계
아니, 그늘이라곤 없는 물속
숙제가 무엇이었든
여름이 얼마만큼 안타까운 계절이었든

내다볼 선창 없는 선실에 가둘 테야
이제는 이상한 가치가 숨을 기둘 치례

삼거리 국밥집

거대한 우주의 한 귀퉁이
본래 무엇이었을까 뜨거운 국밥을
휘휘 젓던 후후 불어 식히던 나는
국에 말아 나온 밥을 허겁지겁 삼키던 당신은

갓 삶은 머릿고기를 바르는 뭉툭하고 뜨거운 손
세월의 눅진한 돼지기름을 묻히기 오래전
어두컴컴한 자궁 속에서부터 맡아지던 누린내

당신도 나도 손뿐 아니라 머리라는 것을 달고 태어나
한 번쯤은 지나치게 뜨거운 사랑에 화들짝 데였을 텐데
그러고는 말없이 마주 앉아 어쩌면 홀로
꿋꿋한 척 떠먹던 첫 숟갈을 기억할 것인데

지난날을 떠올리는 것은 머리인가 가슴인가
그것은 뼈에서 떼어낸 부드러운 살코기나 비계처럼
능숙한 손질 몇 번으로 분리 가능한가

당신이 우주의 먼지라면 나 역시 그렇다
뼈에 들러붙은 살점처럼 한 몸이던

삼거리가 없고
누추한 국밥집 따위는 사라진 어느 도시에서도
사랑은 있고 사랑은 없고 사람은 있고
사람 같은 사람은 희박해지고 있다지만

있을 것이다 뜨겁고 미끈거리는 두 손
빛바랜 앞치마에 아무렇지 않게 스윽 닦으며
천국은 아니지만 지옥도 아닌 그곳
허기진 당신 어서 오시라 반기는

아무래도 쏙 닫히지 않는 미닫이 출입문
희미한 별처럼 박혀 있는 사람의 밥집

사랑한다

먼 곳에서 노래하는 너는 아름답다
내가 가질 수 없는 실루엣과 목소리

그것이 서로에게 이끌린 이유

우리가 마지막으로 만난 건
작년 여름 한낮의 광장

서로에게 환하게 웃을 수 있었다

오랜만에 만난 우리가 우리를 우리라고 부를 때
곧 다시 만나자고 약속할 때 진심이었던 걸

비록 각자가
너무 먼 곳에서 각자 살아가더라도

그토록 멀리 있기에 서로를
충분히 사랑할 수 있다는 걸

서로 충분히 알고 있으므로

우리가 내년 겨울쯤 온기 없는 옥탑에서
겨우 한나절만을 함께한다고 하더라도

우리는 너무 먼 서로를
너무 많이 다른 서로를

벽장 속 까마귀

한없이 비좁은 기나긴 복도를 어깨로 겨우 빠져나가면 가파른 계단
어김없이 발을 헛디뎌 부서져라 굴러떨어지면 문 없는 바깥

내가 나가고 싶은 바깥을 나는 어디에 숨기고 모른 체했나
매번 움츠러들었지
오늘은 좀 쉬자 얘들아 모처럼
구르지 않고 계단을 내려와서 희디흰 마음이니
쉿,

출입문 바로 옆 벽장
문 대신 열어 들여다보곤 하는 그곳에는
봄여름가을겨울 내내 끈질기게 눈이 내리고 그 춥고 깊은 숲속에서
까마귀들이 푸드덕거린다 여전히

창밖에선 크고 작은 돌멩이가 날아들고
입만 커다랗고 자비 없는 얼굴들이 겹겹이 둘러싸고
다가오지만
맞고 피 흘려보자

내 마음, 수북한 흰 눈 위에 흩어진 검은 깃털이라면
피 흘리며 기우뚱 기우뚱 날아보자

다른 높이에서 추락해보자 그 붉은 피가 보태져야
내가 그려야 할 그림 비로소 완성될 테니

미파솔 라시도 시라솔파

아이가 오카리나를 불고 있었지

붐비는 터미널 안 낯선 사람들을 힐끔거리며
분명한 생각에 골똘한 엄마를 연신 올려다보며

힘겹고 불안한 음정
미파솔 라시도 시라솔파

새들은 진작 노래하기를 멈추고 흔들, 흔들려
나 살던 곳엔 레미파 솔라시 라솔미
빛나는 뜰도 춤추는 나무 또한 없지만

공장이 있었고 아빠가 있었지
마을이 있었고 학교와 친구들이 있었지 그리고
높고 튼튼한 굴뚝이 반드시 있었지

오카리나, 겨우 플라스틱 오카리나
솔라 파파파솔 미파 레레레미

엄마, 나 좀 봐줘
엄마, 여기 좀 봐 보라고
나는 불고, 불고, 울고 있는데
나를 두고 어디로 도망치려는 거야?

그래 다시 처음부터 미파솔 라시도 시라솔파
지치지 않고 레미파 솔라시 라솔미

그것이 되어가는 느낌

물고기의 심해에서 유영하는 날개
새의 하늘에서 깃을 치는 지느러미

어느 곳을 펼쳐 손가락으로 밑줄 긋든
잘 닦인 나사 같은 문자가
반짝이며 솟아올랐다 가라앉았다

증명하고 싶었다
봉인한 입술과 심장을 짓밟는
묵직하고 모난 굽의 이상한 부드러움

나의 한계를
정당한 나의 몫으로 받아들이는 실습
등 뒤에서 발사된 너를 정면응시하기 위하여

단 한 번 태어나
여러 번 뒤집어쓴 껍질을 깨고 나온 것
단백질 덩어리일까 밀가루 반죽 따위일까

가면과 피부를 기꺼이 포기한

진짜 나

무엇으로도 대체할 수 없는 것의

아름다움을 위하여

재의 맛

연한 송아지 고기는 더욱 부드럽게
대화는 한 모금 포도주 굴리듯 우아하게
건배는 건배에서 건배로 이어 이어져 건배

아무리 아름다울지라도
이곳 눈부신 정원에 이식된 꽃들은
지친 표정을 들키는 즉시 뽑혀나가고

오늘 아침 고용된 앳된 악사들은
좀처럼 어두워지지 않는 밤의 전경을
노련하게 연주해야 하는데

남아도는 우유처럼 버려질 물질을 생산하느라
한밤중에도 불 밝힌 먼 곳의 공장들

태어난 이유도 성장하는 목적도 알지 못한 채
좁은 철창에 갇혀 피둥피둥 사육되는 시간들

깊은 절망의 땅속으로 뻗어나가는 뿌리를
싱싱한 가지라고 선포한 것에 동의하지 않으면
눈물조차 계량되어 무거운 세금이 매겨지는 세계에서

베를린

수첩과 일기를 불사르고
친구들에게서 온 모든 편지를 태우고
부모에게도 애인에게도 알리지 않고 떠났다는 얘기를
너의 입술로 들을 수 있게 되어 좋았다
잊지 않으려고 친구들의 얼굴과 전화번호를
머릿속에만 새기고 새기면서 밤을 또 낮을 견뎠다고
했다
그때에도 나는 말 못 했다
정확한 주소지도 모르면서 네가 살았다던
너 없는 동네를 찾아가 때때로 배회했었다는 것을
네가 드나들던 대문은 파란색일까 초록색일까
덩굴장미 점점이 늘어진 저기 어디쯤이
네가 고개 내밀어 바깥의 기미를 살피던 담장일까
끝까지 말 안 하길 잘했다
너를 찾으려고 씩씩하게 배낭을 꾸렸던
너의 애인과 오랜 친구처럼 어울려
저녁을 먹고 술을 마시고 노래 부르던 밤에도
나의 너는 베를린에 머물러 있었다

나는 용기내지 못한 그 후미진 골목
불 켜지 않은 그 다락방에 홀로 앉은 네가
어떤 아름다운 기억을 되새길 때마다
베를린이라는 머나먼 입술이 부드럽게 빛났다

느린 슬픔

추락하는 몸을
목련나무 가지들이 차례대로 받아주었다지

라일락 향기 또한 어리고 보드라운 너를 휘감아
네가 더욱 무사했으리라, 다행이다

주홍빛이 덧대진 푸른 하늘과 흰 구름
깜박 다른 생의 부숭한 화단에
오목하게 등 대고 누웠다가
별다른 상처 없이 툭툭 털고 일어섰다는
너와

셔터부터 내려지는 감정에 대해 얘기하는 동안
찻집 유리문 너머 지나치는 아무 행인들 속에
우리가 있었다 우리들이

크게 넘어져도 곧장 울지 않는
나중도 아주 나중 혼자일 때에야 헤아려보는 아픔

하나같이 우리는 넘치거나 모자라는 존재

아끼는 물건이 저마다 다르듯
슬픔의 물결에 뒤늦게 울컥 작은 손 담그고 오래도록
여러 겹 어두운 커튼을 걷지 않는 너를

완전히 이해할 수 없을지라도
충분히 사랑할 수 있는, 그런 사랑을 믿는

탐구생활

나는, 나는
매일 나는 곤충이거나 애벌레인 듯한데

밤이면 짐승이나 꿀 법한 꿈에 시달리면서도
한낮에는 천연덕스럽게
꽃이나 나무의 이름표를 가슴에 붙이고
간신히 성장하는 기분, 도무지

나는 무얼까
어떤 숙제도 제대로 한 적 없는데
어떤 통과의례도 차분히 겪은 적 없는데

혓바늘이
따뜻한 입속 부드러운 혀를 상기시킨다, 내게
식도와 위장, 항문 말고도
아름다운 허파와 성대가 있다는 것을

성장속도가 현저히 느린 나는 무엇이 아니면 좋을까

태어났으므로 죽음에 분명 가까워지고 있는데
사람으로서 살아가고자 애쓰는 이들에 대한 무례
무례함만이라도 조금 지워보자

나 혼자 체험했던 사소한 부끄러움과
당신이 애써 펼쳐 보여준 슬픔의 커다란 뺨이
동일하다고 쉽사리 단정 짓지 않기 위하여

아주 이따금 쓰는 일기

게으르고 서툴지만 나는 여태
이만큼의 나를 만들어왔다

어디서나 전학생의 심정으로
지금도 속으론 전학생처럼 쭈뼛대지만
나는 자주 나의 모든 것이 낯설다

겨우 이만큼이지만
겨우 이만큼이라서

자기연민에 좀 빠지면 안 되느냐고
되물은 적 있다, 내가 아니라도
나를 불쌍히 여겨줄 대상을 찾던 밤들

네가 그렇게 말하면 나는
땅을 파고 들어가야 해—라고 말하던
너는 여전히 예쁘고 앞으로도 그럴 거다

그 말은 나에게 필요한 말
내가 듣고 싶은 말을 너에게 건네던 오후

조금 더 사랑했더라면
조금 더 침착했더라면
조금 더 꾸준했더라면

지금과 다를까 여럿 속에 섞여 앉았다가 우르르 자리
를 옮길 때, 누군가 다른 누구의 이름을 부르는 걸 들으
면서 나는 조용히 발길을 돌렸다 나 혼자에게로

2부

썩기 직전 가장 향기로웠던

그곳의 그것

어떤 호객행위도 없었다
자진하여 막다른 골목으로 들어서 길을 잃었다

잠겨 있지 않으나 열쇠가 필요한 입구
어떤 녹슨 열쇠로라도 열 수 있으나
아무 황금열쇠나 들어맞지 않는 구멍

깊숙한 동굴에 비친 황량한 숲의 그림자
악취 풍기는 개천에서 반짝이는 저물녘 햇빛을
보석보다 아낀다

적을 친구처럼
실패를 성공처럼
상처를 거울처럼
폐허를 장미처럼

외면당한 것들과 손잡으려 애쓴다
네가 아니라 나를 위하여

사랑한다

친구를 적처럼
구름을 명예처럼
돌멩이를 법처럼
나뭇잎을 왕관처럼

무한히 파기되는 하찮음을 무용하게 기록한다
내가 아니라 모두를 위하여

그리고 끝내
아무도 사랑하지 않고 아무것도 하지 않는다
망치고 나서 완성하기 위하여

칼

지하상가 계단참
주방용 쎄뜨 1만원, 마분지 팻말을 목에 바투 걸고
해묵은 입간판처럼 타일 벽을 등지고 선
그 여자

두 손에 받쳐 들고 있던
비누나 치약, 스타킹 따위로 치환해도 무방한
손에 들린 것의 정체를 알지 못하는 듯
눈동자만 한참 두릿거리던
그 여자

때에 전 잠바 주머니에서 슬그머니 꺼낸
무언가를 급히 한입 털어넣으려다가
받쳐 든 것을 떨궜을 때 홀연히

다리 저는 사내 하나가 뛰어나와
여자의 뺨을 후려쳤다

솜뭉치로 틀어막은 듯한 신음과 함께
다시 빳빳한 입간판이 세워졌다

기우뚱거리는 사내가 멀어져가자
미간을 찌푸리며 걸음을 늦추던 이들의
날 섰던 시선도 금세 무뎌졌다
모두들 총총 가던 길을 갔다

옥미*에게

　샤워장 안에서 발견되었다는 얘기는 빈소에서 들었던 것 같다. 너라고 불러도 괜찮을까? 그날따라 일이 지체된 나는 수업 시간에 너무 늦을세라 속을 태우며 타야 할 버스를 목 빠지게 기다리고 있었는데, 불현듯 코를 찌르는 매캐한 냄새. 고개 돌려보니 하늘 높이 시커멓게 치솟은 연기. 다른 생애에서도 본 듯한 광경. 어쩐지 가슴이 덜컹 내려앉았다. 교대근무를 마친 네가 평소에 이용하지 않던 맨 꼭대기 층으로 그날따라 몸을 씻으러 올라갔다는 얘기를 누구에게서 전해 들었는지 모르겠다. 지병을 이끌고 온 너의 아버지가 네 사망보상금을 학교에 장학기금으로 내놓을 때도 목련 묘목을 교정에 추모식수 하던 날에도 나는 울지 못했다. 영정사진 속 너는 낯설었다. 사석에서 너를 만난 건 꼭 한 번. 늦은 밤 술자리에 뒤늦게 스며들어 소주 한 잔을 홀짝이고는 얼굴 붉어진 너는 금세 자리를 떴다. 수줍게, 친구들이 많이 보고 싶었다는 얘기만 귓가에 남았다. 내가 목격한 것은 다만 검은 연기. 나에게 너는 아직도 휴학을 거듭하며 학비를 모으고 친구들과 수업 시간을 그리워하는,

강의실 안팎을 수줍게 배회하는 이십대. 우리는 서로를
몰랐지만 너는 여태 나인 것 같고, 모든 우리인 것만 같
은데. 이 뒤늦은 편지를 언제 어디에서 태워 올려야 할
지 나는 아직도 모르겠다.

* 등록금 마련을 위해 야간 대학을 휴학하고 공장에서 일하다
화재 사고로 세상을 등진, 나와 동갑이었던 대학 선배. 당시 나 역시
같은 이유로 어느 보습학원에서 파트타임으로 일을 하던 중이었는데
1997년 어느 봄날 오후 서너 시쯤, 일하던 곳에서 멀지 않은 섬유공장
에서 검은 연기가 미친 듯 피어올랐다. 그녀가 그곳에서 일했다는 것
과 그 사고로 사망했다는 것을 안 건 사고가 일어난 지 한참 뒤였지만.

저물녘의 빛

집 앞을 가로지르던 개천은 겨울에도 악취가 났다. 밤낮없이 객차와 화물차가 지나는 철길 아래에는 천장 낮은 굴다리. 폭우가 쏟아지는 하굣길. 우산도 없이 폐수가 사타구니까지 차오르는 그곳을 통과하고 나면 크나큰 잘못을 저지른 것처럼 부끄러웠다. 악취는 폐에 부끄러움은 심장에 고였다. 온몸에 비누칠한 채 방구석에 웅크리곤 했다. 수시로 부모에게 선생에게 야단맞았다. 밤늦도록 후미진 곳을 전전했다. 동사무소 스피커에서 거듭 호명되던 나의 이름. 집으로 돌아가라, 집으로 돌아가라. 가고 싶지 않았다. 내가 가고 싶은 곳이 어딘지 몰랐다. 궁금해하지 않았다. 더러운 실개천 흐르고 흘러 어디에 닿는지, 검은 열차들 어느 도시에서 손 놓고 우두커니 밤을 보내는지. 초라하고 협소하여라. 고작 몇 권의 동화책과 막다른 골목, 잿빛 오니 뭉텅이진 개천이 전부인 나의 세계. 그럼에도 감싸 안은 무릎 높이에서 반짝이던 저물녘의 빛. 넋을 잃고 바라보던 시간들. 그리하여 마침내 수긍하게 되었을까. 지독한 악취 또한 떼어낼 수 없는 나의 일부임을.

페이크

달콤한 말만 선물로 받을 거야
뭐든 좋아 달콤하기만 하다면

커다란 리본을 달아줘
커다란 선물을 보내줘
커다란 상자에 넣어서
커다란 꽃다발과 함께
커다란 케이크를 만들어줘

나는 부서지기 쉬운 불멸의 거울
소중한 보석으로 다뤄줘
언제 무슨 일을 저질렀든 나를 달래줘
언제 무슨 일이 벌어지든 나를 받아줘
사랑받기 위해 태어났다는 노래를 불러줘
꿈속에서도 들릴 만큼 재생해줘

나에게 잘못이 있다면
믿음과 의심이 동시에 깊었다는 거

단 하나의 마음을 모두에게 무한수열처럼 나열했
다는 거

나는 진실만을 말하지
물론 맹세할 수 있어 이까짓 거짓말
내 앞의 당신은 달콤해야 하니까
당신 앞에선 달콤한 말만 선물할 거니까

커다란 리본을 달아서
커다란 선물을 보낼게
커다란 상자에 넣어서
커다란 꽃다발과 함께
커다란 페이크를 만들어줄 테야

줄게, 나를 달콤하게만 대해준다면
당신을 최고라고 느끼게 해줄게
쓰디쓴 것도 달콤하게 만들어줄게

만우절

까마득한 고층에서 훌쩍 뛰어내리자
세상이 사라졌다

축하받을 존재와 축하의 장소가 확실했다
무궁한 손뼉들과 향기로운 꽃다발들

해외 입양아였던 젊은이가
친모를 찾고 있었다, 당신을 원망하지 않습니다
내가 누구였는지 알고 싶습니다

곁눈질로 보았다
걸레질을 하던 나의 어머니가
텔레비전 앞에서 가슴을 쥐어뜯던 모습

출구가 차단된 동굴에 차오르는 매운 연기
내 아버지의 아버지의 기일인지도 모르는 날

겨우 몇 묶음의 폐지를 두고

살인이 저질러지기도 하는데

거짓말처럼 살아가고
거짓말처럼 태어나고
거짓말처럼 죽어가는

일곱 살

자라지 않은 마음을
고스란히 드러낸 노파를 목격했다

엄마 흉내를 낸 어린애처럼 칠한 입술과 볼
큼지막한 귀걸이에 짤따란 원피스

그러나 노파는 어깨를 꼿꼿이 펴고
앞을 똑바로 보며 걸어갔다

나의 마음은
일곱 번의 일곱 살을 거쳤으나
아직 열네 살도 안 되었겠다 그리고

나의 아버지를 말할 것 같으면
열한 번째 일곱 살을 앞둔 재작년 여름
갑작스레 생을 마감했는데 그때까지
여덟 살쯤으로 사신 것 같다

일곱 살에게 오늘이라는 날은
어제에서 이어진 어느 날일 뿐

어지럽고 무서운 꿈이나
우기雨期에 침수된 휴일이
몸과 정신에 남긴 충고를 간과하면서
바깥에서 무슨 일이 일어나는지
내다보려 하지 않는다

철든 척
짐작 삼아 세상을 살고 있는 내가
이렇게 우스꽝스러울 수 없다

내 의자

감당하기 어려운 세계의
터무니없는 무게 화해해본 적 없는
육체와 마음을 묵묵히 받아줄
최적의 형태라고
마음대로 생각해버렸는데
안전검사를 완벽하게 필한 구조인 양

불완전한 세계를 몹시 불안해하면서도
무던한 표정을 가면 삼아 살아가는
나의 태도가 얼마나 불안했을까

주인의 아슬아슬한 심정을 지탱하느라
때로 으르렁거리는 송곳니를 드러냈다거나
속 깊은 신음을 끙끙거렸다는 얘기를
전해들은 적 있는 듯하다

불안정한 거처를
다시 불안정한 곳으로 옮길 때

변변한 가구라고는 그것뿐이어서
보잘것없는 이삿짐 맨 위에
뒤집어 실었는데

고통조차 지극히
정제된 형태로 발산되어 있던 그것

이런 질문

내가 나라는 분명한 감각에 갇힌 아침

그런 슬픈 아침으로부터
탈출 못 한 시간을 사랑한다는
고백을 질문으로 대치할 수 있을까

눈앞에서 돌연 폭탄이 터지는 거리
여러 번 걸어본 것 같다

기다란 호스를 끌어와
낭자한 핏물을 지워보려고 했지만
젖은 낙엽들은 좀처럼 떨어지지 않았다

아름다움의 정체를 모르겠다
증오로 변질하는 슬픔이 어떤 것인지도

울지 않으려 할수록 터져나오는 울음과
오래 들여다본 거울 속 일그러진 얼굴

이 세계가 점점 모호해지고 있다
불행한 자를 위로하는 더 불행한 자들

사랑하려고 태어난 것이 아니었나 우리는
밀착될수록 서로에게 친절해지지 못한다

잘못 가르치고 잘못 배웠나
어디에 있을까 온전한 낱말과 문장들

내가 나이지 않기를 바랐던
무수한 시간들 속에 숨어들어 있을까

정서건설이력철거전문

정선건설 인력 철거전문이었는데
받침이 공교롭게 떨어져 나간 간판은
정서건설 이력 철거전문

황사주의보가 발령된 주말
꼬리 문 차량들이 진입하려는 희부연 도심
불길한 신기루 같아

약속을 취소하고 싶었으나
정체가 풀릴 줄 모르는 도로 밖은 계속
정서건설 이력 철거전문

정서 역시 건설되는 것일까
먼 데서도 누럿한 타워크레인 같은 정서
단단하게 양생된 콘크리트 같은 정서

이력을 전문적으로 철거하려면
어떤 노련함이 필요할까

무자비함은 양성되는 것인가
타고나는 것인가

거무튀튀하게 나뒹구는 목련 꽃잎처럼
사소한 이력뿐인 나는 하찮은 철거 대상일지도

부실한 간판으로 위장한 채
일사분란 움직이는 은밀한 전문가들에게는

세 개

세 개가 있었다고 적을 수밖에 없다
정말로 그랬으니까

책상 맨 아래 서랍
크기는 엇비슷했으나

분홍빛을 띤 단단하고 묵직한 것
입이 벌어진 속 빈 주머니 같은 것
뒤틀린 고무공 같은 것

어느 것이나
볼품없기는 마찬가지

뭐라고 불러야 할지 모를 세 개
불쑥 나에게 주어진 그것들 중

마지막 것을 집어들었다
말랑하고 손에 쏙 들어왔다

그러고 나자 불안한 확신이 생겼다
그것이 나와 제법 어울린다는

보잘것없는 그것으로써 나의 세계를
이룩하고 이어가고 보살펴야 한다는

서랍 속 세 개를 전부 인정하고
집어든 하나를 기꺼이 받아들이고

다시 열어도 서랍에는 그 세 개 말고
다른 것은 없었을 거라는

다른 것이 더 있었다 해도
눈여겨보지 않았을 거라는

지난 애인들에게

하나같이
이가 시원치 않았던

날 때부터 치아가 몇 개 부족하거나
어금니 대부분이 부서졌거나
잇몸에 자주 피가 배거나

그런데도 세상의 한 귀퉁이와 나를
밤낮으로 지긋지긋하게 갉아대던

나의 애인들 지금이야
다 저녁에 훌쩍 지나간 계절이지만

물이고 불이고 칼날이면서 솜털이던
사랑 비슷했던 사랑으로 한때 나는 나의
슬픔과 분노 결핍과 망설임을 메꿔왔는데

그 슬픔과 분노, 결핍과 망설임이

나의 가장 오랜 애인이었는데

한때 전부였으나 이제 아무렇지 않은
한때는 공포였던 연애도 탈 대로 타버려
손가락을 대보면 부드러움만 남아 있다

튼튼해졌을까 어느 애인이여
남은 것마저 모두 잃었을까 그래도

아름답게 병들 일만은
아주 오랜 훗날의 일로 아껴두기를

사거리 빵가게

매연은 없고
갓 구운 빵 냄새만 있는

거대한 고가를 받치고 선 기둥들은 없고
질주하는 차량의 소음 역시 없는

영원히
푸른 신호를 기다리는
이마며 콧등에 땀이 배어난 소년의
은빛 자전거 바퀴와 콧노래와

발등만 내려다보는 수줍은 소녀와
빵 냄새 물씬 풍기는 뭉게구름과
유일의 오후만 존재하는
사거리

어느 아득한 시절 그 사거리는
밀 이삭이 부드럽게 흔들리던 끝없는 들판

밀알과 별들이 광활하게 여물어
어떤 상상이라도 가능한 장소

안다
한 번도 울지 않은 소년이나
언제나 미소 짓는 소녀가 없다는 걸
그렇지만

아무리 아무렇게나 피어올라 있어도
질리지 않는 뭉게구름

다시는 같은 빵을 굽지 않은 그곳을
나는 이따금 방문한다

끝과 시작

새로 시작된 끝이 꽃피어 열매 맺고
달콤하고 탐스럽게 익어가는 동안

처음의 다정한 속삭임에 귀먹어 듣지 못했다
자정의 굳센 철문들이 하나둘 닫히는 소리를

고작 발밑을 살피지 않았다
불 밝혀주던 밀랍들 금세 녹아내린다는 사실을

망각의 모자 속에는 잠에 취한 비둘기
진짜 손을 감추고 의수를 내밀어 포옹한 나날

온몸의 피가 온통 푸르게 변하고 난 뒤에야
심장에서 잃어버린 열쇠를 찾아
바깥을 탐색하는 지금

수확한 전부를 모조리 상자에 담는 것이 옳을까
썩기 직전 가장 향기로웠던 열매들

지난여름

함께 햇볕에 그을리고 그늘에서
다정하게 포옹한 채 깊은 입맞춤 나눴다 한들

네가 겪은 지난여름과
내가 간직한 지난여름은 달라

알 수 없는 모양으로 피어오른 구름을
동시에 보고도

너는 한없이 노곤한 낮잠을 희망했고
나는 모두 떠나버린 쓸쓸한 광장을 떠올렸다는 거

서로의 손가락을 부드럽게 깍지 끼고 걷는 동안에도
서로에게 말 못 했던 미묘한 그 무엇

공들여 준비한 선물을 쓰레기통에 처넣었거나
예리한 칼날을 손목에 그어보았던

서로에게 바쳐져서는 안 되는
식은 재처럼 부드러워진 사소한 의례들

전부 얘기해줬으면 좋으련만
빠짐없이 얘기하고 나서 전부 거짓이었다고 해주었다면

3부

이것만으로 충분한 기분

무쇠 발판 재봉틀

그때로부터 먼 훗날
바람의 병사들이 검은 돌담을 무시로 타넘던
추운 밤들을 생각하는 오늘

나는 어쩌다가 생겨났다
지금의 내가 아닐 수도 있었던 나는
어쩔 수 없어져서 태어났다

그날, 나의 어린 엄마가
도망칠 배편을 어렵사리 구해놓은 그날
시집간 막내딸 어찌 사는지 궁금했던 외할아버지가
언제 가마 하는 기별 없이 섬에 내리지 않았더라면

엄마는 여태까지와는 다른 삶을 살았겠지
엄마 배 속에 든 나도 어떻게 되었을지 모르지만
그랬던 그때가 지금에 이르렀다

그 옛집 어두컴컴한 건넛방 무쇠 발판 재봉틀로

밤마다 엄마가 기워 나간 건
도무지 알 수 없는 심란한 미래

어쩌다가 이런 시가 쓰인 것 같지만
꼭 그렇지만은 아닌 것 같은 오늘
이상하다 발이 몹시 시리다
차가운 무쇠 발판을 밤새 맨발로 구른 것처럼

공놀이

꽃이 진 화단을 맴도는
작은 벌레

휴일에도 콘크리트 모서리들은
좀처럼 부드러워지지 않아서

마음이 심술궂게 튀어 올랐어
사이좋게 지내라는 당부를 들었지만
낯선 네가 놀이에 끼어드는 게 싫었지

너 때문에 이제부턴
과자 한 봉지를 여섯이서 나눠야 하잖아
사랑받는다는 느낌 또한

우리가 다 같이 웃으면
버짐 핀 창백한 얼굴로 슬그머니 따라 웃던
도무지 이름을 기억해낼 수 없는 네게

갈 곳이 없다는 걸 알면서도
직구를 던졌어

우리 집에서 나가!

아득한 기억 저편에서
명치 한가운데로 문득문득 날아드는

공

사랑의 유령

새하얀 외투를 걸치고 활짝 웃으며
알코올 냄새를 섞어 거짓 이야기들을 퍼트린다

병원 사거리에서 좌회전하는 정오에도
치렁치렁한 머리채를 풀고 나타나
구멍이란 구멍들을 죄다 벌려 놓는다

지나간 나날들의 실체를 알 길 없다
사랑을 갈구했다면 사랑을 했어야지

눈물인 척 땀 흘리고
우스운 거짓말들을 곳곳에 흘렸으니
손아귀에서 스르륵 빠져나갈 운명
한사코 붙들고 싶었겠으나

생애의 어떠한 주기가 끝났습니다만
변치 않아요, 당신이 어리석다는 사실

부은 눈가를 가리고
지나간 시간을 지우고

오늘은 검은 베일을 발목까지 내렸다
행복한 산책을 즐기러 나온 듯

새로운 답이 아닌
진부한 질문을 찾아야 한다

싱크홀

그때 나는 어디에도 없던 존재

술잔의 거품이 가벼운 외유처럼 추파처럼
흘러넘치던 여름날 저녁의 테이블이나

슬픔이며 멈출 수 없는 의문이
도처에 와디*처럼 뻗어나간 투명한 지도에는

가짜 미소와 거짓 포옹, 속삭임만 난무해
발밑이 쑥 꺼져 내렸어

전모를 알아차리는 데는
스치듯 울려 퍼진 몇 마디로 충분했는데
부주의했거나 지나치게 믿었거나

잠 깨어 있을 때면
다른 환영이 흘린 이름으로 호명되었고
내가 꾼 꿈속에서조차 나는

기대앉을 자리부터 지워졌다

악몽을 헤집는 엄연한 손가락보다 끔찍해
사이좋게 어깨동무하고 사진 찍힌 순간들

극적으로 생환했지만
너덜너덜해진 나의 그림자를 어디에 눕혀야 할는지

* Wadi, 건조 지역에서 평소에는 마른 골짜기이다가 큰비가 내리
면 홍수가 되어 물이 흐르는 강.

배꼽

개복숭아나무 꽃 핀 개울을 지나
앞선 일행들 한참을 앞서게 내버려두고
플라타너스 우듬지 높다란 빈터에
홀로 머물러 있었습니다

구름 몇 점
멸균된 약솜처럼 달라붙어 있는
파란 하늘 저 너머는
밤낮이라는 구분이 없는 우주

태양이 환하게 켜진 시각에도
지구 밖 무수한 별들은 쉼 없이
정해진 궤도를 운행하는데

그 중 어느 별의 티끌 같은 존재가
슬프기는 하지만 외롭지는 않은 심정으로
오래오래 하늘을 올려다보고 있는 듯
그 눈길을 정통으로 수신한 듯

지구에 사뿐 소풍 나온 존재처럼
상처 입은 적 없는 사람처럼
아득한 별에서 우는 존재가 나인 것처럼
붙들려 있었습니다

어디까지 갔었는지 모를 일행이
갔던 길 되짚어 귀환할 때까지
그들이 몹시 낯선 존재로 여겨지던 때까지

아주 조금의 설탕

인근 우체국에 다녀온 것만으로도
하루치 일과를 수행한 기분
아무 일도 하지 않았던 어제 때문
생각만 모래처럼 흩어지던 어제

겨우내 창문을 열지 않았다
선인장에 물을 준 게 언제더라?
목말라 죽는다는 것은 어떤 고통일까
물을 안주 삼아 술 마시던 지인은 저세상 사람
사후 세계를 믿지 않는다는 대꾸에
시를 쓴다면서 어떻게 그럴 수 있나요, 라며
나를 시인이 아니라고 단정하던 한 사내
그 밖의 대화는 사라지고 맥락도 사라지고
느닷없이 공격을 받았다는 기분만 남은
오래전 어느 날 단 한 번의 만남
이야깃거리조차 되지 않을 기억에도
문득 미간이 찌푸려지는데
게으름을 생존방식으로 삼은 나는

마감기한이 닥친 원고를 두고도 생각만

생각의 꼬리들은 어디로 사라지는 걸까
한 번 빛나본 적도 없이

어제 아무런 생각도 하지 않았다는 듯
맹한 얼굴로 우체국에 갔던 오늘
일정량의 원고를 기한까지 완성하겠다는
계약서를 등기우편으로 보낸 것만으로도
횡단을 무사히 마친 낙타가 된 것 같은 기분
아주 조금의 설탕을 사막에 뿌린 기분
이것만으로 충분한 기분

그 개

수시로 차량이 지나갔다

한나절 만에
핏자국은 말라붙어 흐릿해졌다

골목 가장자리
잡동사니 더미에 함께 버려졌다

검정색 세단에서 내린 젊은 사내
후미를 확인하곤 침을 뱉었는데

아침부터 재수가 없으려니까 하는 소리에도
꼬리를 흔들던

복부가 전부 으깨진

폐지 실은 유모차를 끄는
노파 옆을 충실하게 지키던

먼 불빛

가눌 길 없는 슬픔에 잠겨
창가에 기대섰던 어느 밤

드넓은 저수지를 건너던 어둠은
우뚝 멈춰선 검은 옆구리에
한사코 손톱만 한 불빛 몇 점을 걸어두었다

옛날이거나 미래인 어느 밤
내면의 불빛 모두 꺼진 당신 하염없이
창밖을 응시할 때

당신으로부터 머나먼 나의 창 또한
그런 불빛 한 점

내가 다시 울고 있는 밤일지라도

어떤 사소한 감정에 대하여

너무 아름다운 음악을 듣고 있으면
중력이 사라지는 것 같아

창 없는 습하고 어두컴컴한 미로도
온통 햇빛으로 지어 올린 공중 유리빌딩

안정감을 느끼려고
살갗을 칼로 긋지, 그래 피
겨우 나 한 사람의 몸속을 돌고 돌던
조금의 피

취할수록 세상과 동떨어지게 만드는
술이 아니라 붉디붉은 피

온통 부서졌다가 다시 조립되려면
얼마만큼의 피가 필요한지 잘 알아
그게 무서워서 다시 취하는 걸

무서운 사소함 무서운 습관
무서운 수면 무서운 밤

그래도 좋아 음악이 좋아
너를 생각하며 밤새 되풀이하여 듣는
미치도록 아름다운 노래가 좋아
미친 노래가 좋아

지금 여기 내 앞에 없는 너를 향해
방향 모르고 질주하는
도무지 잠들지 않는 그 감정이 좋아
무시무시하지만 좋아

안개 군락지에서

일몰 이후에는 대화를 삼가는 게 좋다
안개의 척후병들이 도처에 잠복했으므로

술래잡기를 한 적 있어
눈앞까지 빽빽한 안개의 스크럼 속에서
손뼉을 치며 —여기야 여기, 외쳤지
안개의 측근에서 살아가기 전의 일

감시가 소홀한 틈을 타 살그머니
검은 비닐봉지에 담아 온 구입물품은
그러나 여지없이 우유나 담배가 아닌
안개의 입김

안개 군락지에서 가까스로 서식하는 동안
안개의 편의대로 재편되는 생태

안개의 점령을 묵인하였으므로
안개의 입장을 수용하였으므로

안개처럼 모호하게 답답하게 무시무시하게
안개처럼 마침내 안개처럼

아이스크림 일기

나는 오늘 착한 아이가 될지도 모르겠다

깊은 겨울밤
버스터미널 길목에 자리한 그 식당을
그 시절 엄마보다 훌쩍 나이 든 내가 찾아들면
바깥엔 낯선 은하 같은 어둠이 사뿐 착륙해 있고

엄마와 나는
불기운 겨우 남은 연탄난로 앞에
어제도 사이좋았던 모녀처럼 마주 앉아
엄마는 아이의 나는 엄마의 마음이 되어
차고 달콤한 아이스크림을 떠먹을 테니

누구도 성내지 않은 하루
어째서 하나같이 유순해졌을까
음식 재촉하던 손님들 돌연 함박눈처럼 느긋해지고
뜨내기들이나 찾는 한동네 방석집을 태연히 드나들던
아빠도 그날만은 취하지도 부수지도 않은 채

식당에 딸린 좁은 방에서 얌전히 잠든 밤

엄마는 달콤한 걸 좋아하는 사람
산더미처럼 쌓인 빨랫감 앞에서 자정마다
털썩 주저앉아 울고 싶지 않은 사람
휴일엔 늘어지도록 늦잠을 자고 싶은 사람

아홉 살 나처럼 아니 그 누구보다
의자와 설탕과 다정한 포옹이 필요한 사람

돌맹이

어제의 엄마는 다정했다가도
오늘은 겁쟁이 그럴 때 엄마는 호수에 던져져
하염없이 가라앉는 작은 돌맹이

애들아, 아무 걱정 말아라
나쁜 꿈은 모조리 내가 꾸어줄게, 해놓곤
불길한 꿈이 진짜로 맞았네 쯧쯧
등을 돌려서 혼자 꾸역꾸역
아침 점심 저녁을 먹는다 그럴 땐
점심도 저녁처럼 어둡다

엄마는 기억 전혀 못 하겠지
돌볼 자식이 여럿이었으니
돌볼 감정 또한 차고 넘쳤을 테지
사춘기의 내가 펑펑 울며 귀가했을 때
괜찮다, 그럴 수 있다
다독이는 한마디면 충분했는데
친구 때문에 마음 아파 울었다는 대답에

죽고 사는 일 아닌데 그리 울었냐며
혀를 차는 엄마가 싫다기보다는 무서웠다

부지런히 일해서 먹고사는 일
걱정 없이 잠들고 아무 일 없이 깨는 일
가끔 맛있는 음식을 맛보고
가끔 교외로 나가 바람을 쐬고
가끔 누군가의 죽음을 애도하는 일
애도의 끝자락에 반드시
자신에게도 닥칠 그 순간을 가늠하며
눈에 띄게 몸서리치는 일

엄마는 그 테두리에서 벗어나려 하지 않는다
하염없이 가라앉는 돌멩이가 되는 순간이
지나치게 많았던 때문일까 덕분에
나와 형제자매들은 비교적 안전하게 성장했다
그거면 됐다고 할 수 있지만 자꾸만
돌멩이가 되는 엄마를 생각하면

더는 질문을 해서는 안 되겠지만

따지지 좀 마라
넌 뭐 그렇게 따지는 게 많으니
등 따시고 배부르게 키워준 공 없이

불현듯 날아오는
그 차고 모난 돌멩이에 더는 명치를 다치지 않기를
그리하여

날아온 것보다 더 크고 차가운 돌멩이를
형제에게 친구에게 애인이나 이웃에게
되던지는 일을 그만두게 되기를

읍니다

토끼들이 들판을 지나 갔,
에서 나의 받아쓰기는 멈췄습니다
마지막 교시의 세 번째 문장이었습니다

소풍에 나선 나의 토끼들은
지우개의 무차별 공격을 피하느라

고운 꽃이 핀 꽃밭을 그냥 지나쳤습니다
탁 트인 풀밭에서 놀지 못했습니다
배낭 속 점심은 엉망이 되어버리고
뉘엿뉘엿 마지막 문장이 끝나버렸습니다

그날은 하필
투슨 일인지 학교에 들른 아버지가
교실 창밖에서 나를 지켜본 날

읍니다에서 습니다로 바뀐 읍니다는
웁니다와 비슷한 말일까요?

학습전과에 제시된 비슷한 말과 반대말을
의심 없이 외우던 때가 있었습니다

한때 그토록 웁니다였으나
이제는 습니다인 웁니다를 조금도 지체 않고
습니다로 쓸 수 있게 되었습니다만

소풍을 마음껏 즐기지 못한 나의 토끼들은
완성하지 못한 세 번째 문장의 언저리에서 그리고
나는 아버지의 자전거 뒷자리에서
웁니다 아직도 이따금 웁니다 웁니다 웁니다

믿음의 문제

할머니는 늘 묵주를 손에 쥐고 계셨다
절대 그것만은 뺏기지 않겠다는 듯

체구가 몹시 작은 나의 할머니는
키가 무척 큰 아들을 둘 낳았고 길렀다

두 아들은 많은 것이 달랐다
아버지의 성, 식성, 성격, 삶의 궤적

사소한 일에도 할머니는 불같이 성을 냈다
각자의 아버지 없이 자란 두 아들도 마찬가지

할머니는 주일이라면 반드시
평일에도 수시로 성당을 찾았다

할머니의 두 아들 역시 신을 섬겼지만
그러는 이유를 나는 알 수 없었다

할머니와 큰아버지와 나의 아버지가
믿었던 신은 어떤 표정을 하고 있었을까

만나기만 하면 화를 내고 서로를 멀리했던
할머니와 큰아버지와 나의 아버지

그들이 믿던 신을 나는 믿지 않는다
믿지 않으면서 불같이 화를 낼 때가 있다

이것은 믿음의 문제일까
이것이 믿음의 문제일까

다녀갑니다

지구는 사실 아름다운 것투성이

양손 뒤로 단단히 묶여
절벽에 함부로 무릎 꿇려질 때에도
정오의 햇빛과 파도는 제 역할 충실했고
뒤통수에 무자비한 총구 겨눠진 순간에도
새순 돋는 들판의 바람은 향기로워

한순간에

이곳의 말과 표정
과거와 사랑과 미래를 잃었지만

선혀 다른 별에서
전혀 다르게 만나요

당신도 나도
그때는 그저 아름답기만을

창공에 흩어지는 하염없는 구름처럼
부드러운 햇빛에 서서히 밀려나는 파도처럼
코끝 살그머니 건드리고 가는 봄 향기처럼
묵묵히 자전하는 거대한 지구처럼
어느 날 차디차게 식어버릴 저 태양처럼

4부

좋은지 나쁜지 알 수 없다

능에서의 한나절

팔베개하고 누운 사람 곁에 앉아서 책을 읽던 어느
휴일의 오후였습니다 부드러운 바람이 불어왔고 펼친
책 위로 좁쌀 같은 벌레가 한 마리 톡 떨어졌습니다 한
가롭고 아름다운 졸음이 누운 사람의 눈꺼풀에 얼핏
스미는 것을 보았습니다 몇 무리의 사람들이 여기에서
또 저기에서 거닐고 있었습니다 희고 깨끗한 구름으로
하늘이 얼룩지고 있었습니다 수백, 수천 년 전 아니 그
보다 더 오래전에도 지상에 별다른 일이 벌어지지 않았
다는 듯

거기에 있던 우리가 잠시
거기에 없기도 하던 시간이었습니다

붉은 방

천장부터 바닥까지 붉은 지하

전원이 꺼지고도 움직이는 회전목마
승객 하나 없이 비명을 지르는 롤러코스터
매표소 창구에서는 부숭부숭한 손목이 불쑥

이게 너야

너의 꿈
너의 죄
너의 머릿속

영원히 마르지 않을 흥건한 마룻바닥
이곳의 책들은 망가진 장난감 취급을 받는다

마주치고 싶은 사람이 없는데도
누군가 있어 그게 너라는 걸 너는
너무나 잘 알아서 날마다 울어

바닥부터 꼭대기까지 붉은 그곳
되돌아 나와도 이전의 출구로는 못 나가
저질러졌으니까 수없이 손을 닦고도
또다시 엎지를 테니까

둥, 둥둥

잿빛 구름 몰려가는 하늘 아래
철근과 콘크리트의 힘으로 직립한 빌딩들
미끄러지듯 질주하는 자동차들

견주면
태양도 한낱 점일 뿐인 행성*이 존재한다지만
나는 아직 지구의 중력에 소속되어 있다

격자로 뻗어나간 도로에는 식목된 가로수
붉은 신호에는 정지하라는 약속

제법 많은 것을 정돈하고
문명이라는 것을 훌륭히 이루었다는데
철모를 꽃샘바람에 어깨를 움츠린 채
종종걸음 치는 현생 인류

태평양의 동쪽과 서쪽에서
둥, 둥둥 둥둥둥

하루가 다르게 팽창하는 플라스틱 섬들

어디로 갔을까
눈앞에서만 치워버린 더러움과 번거로움들

어느 날 앞마당까지 방 안까지
해일처럼 한꺼번에 되돌아올

* 　지구에서 5000광년 떨어져 있는 큰개자리 VY를 말함. 태양보다 43만 배 밝다고 한다.

버티컬

마음은 육체로부터
현기증은 어두워진 바깥으로부터

춤, 춤을 추었는데 그 저녁

손도 입술도
주홍빛 소파들처럼 뜨거웠는데

마음을 감추느라 뻣뻣해졌지
뻣뻣한 몸으로 밤새 춤추었지

버티컬, 버티컬만이 경계에서

흔들려 정수리부터 흔들리면서도
제자리에 악착같이 매달려

지칠 대로 지쳐 잠든 육체를
흐릿해진 눈으로 응시하던 새벽

어둠에게서 가까스로 풀려난 수직의 빛

문 열고 나간 바깥은 그럼에도
밤새 흔들리던 실내

햇빛에 대한 미사

햇빛 환한 창가 자리 안쪽

할머니의 묵주 알은 머루 빛
내 손에 쥐어진 건 제주 바다 빛깔

앞자리
동생의 정수리는 매끈한 갈색

그 반지르르한 갈색 머리칼 사이엔
통통하게 살 오른 서캐 알

펼쳐든
성경의 어느 갈피였을까
찬송가집 몇 번째 쪽이었을까

나른하게 찰랑거리던
시간의 머리카락 만지작거리며 노는데

미사 시간에 무사 경함시냐

묵주를 좀처럼 손에서 놓는 법 없는
할머니의 꾸중은 평소보다 싸늘해

반짝인다는 사실 말고는
그다지 쓸모없다고 여겼던 시간들

벌레였던 저녁

등 뒤에 감췄다 꺼내든 상자
정성껏 마련한 선물이었을 텐데

상기되어 그걸 내민 너에게
관棺이야? 라고 시큰둥하게 답해버렸지

그 크고 길쭉한 육면체 안에 담긴 것은
한아름 탐스러운 장미

말해줬어야 하지 않을까 생일 축하해라는 말을 너에
게 듣기 직전까지도 그날이 내 스물두 번째 생일인 줄
나도 몰랐다고, 난생처음이었던 수십 송이의 장미 어쩐
지 받아서는 안 되는 걸 받는 기분이었다고, 어둑한 골
목에서 차가운 나의 뺨에 네가 불쑥 입 맞춘 며칠 후였
더라도

나는 네가 좋았지만 어째서 네가 나를 좋아하는지는
이해할 수 없었다는 걸 그전에도 벌레였지만 그날 저녁

이후 나의 내면은 걷잡을 수 없이 커져버린 거대한 벌레

였다는 걸

직업학교 맞은편 사진관

허리를 쭉 펴고 고개는 왼쪽
아니 오른쪽으로 턱을 조금 내리고
미소를 살짝 좋아요 하나 두울 셋

취업상담사는 고개를 가로저었다
삶의 목표가 무엇이냐는 질문
죽을 때 행복하게 죽고 싶다는 대답
그보다 중요한 목표가 생각나지 않았는데

사회 구성원으로 제대로 살아가려면
자격증이 필요하지요, 유용한 자격증
유용한 자격증이라면 나에게는
2종 보통 운전면허증밖에 없는데

누구에게든 첫 경험일 죽음
사는 데 서툴면 서툴게 죽게 될까
죽음 앞에 어떤 기술이 유용할까

자신이 어떤 사람인지 기술하세요
약점 부각은 바람직하지 않아요
할 수 있어요, 용기를 내세요

근면함과 능력을 보여주셔야 합니다
최근에 찍은 증명사진을 제출하시고요
막연함은 사는 데 도움이 되지 않아요

죽음이 아니라 삶을 생각하셔야죠
허리를 쭉 펴고, 활짝 미소를 띠고

껌

관광버스 맨 앞자리
담임 선생님이 벗어둔 단화 양쪽에
씹던 껌을 깊숙이 밀어넣은 학생은
나였다

그가 알기를 바랐지만
모르기를 바라기도 했다

어떤 자식이 이런 짓을, 하고
분노하는 그에게 태연히 휴지를 건넸다

소풍 가는 내내 그의 옆자리에
고분고분한 학생으로 앉아 있었다

얌전하고 착하다는 칭찬에
아니야, 당신은 아무것도 몰라
속으로 내내 고개를 저었다

아버지에게 개처럼 얻어맞는 나를
개처럼 차고 때리는 아버지에 대한 분노를

즐거워야 하는 날에도 한사코 들러붙어
휴지로도 알코올로도 닦이지 않는
끈적끈적한 그것을

봄날의 어두운 산책

봄은 잠깐

꽃
지는 건 더 잠깐

사랑했다면
덧없는 사랑이었을지라도

홑겹으로 만개하여 겹겹이 져버린 꽃잎의
여러 갈피 여태 간직하고 있다면

눈부셨던 꽃가지 단번에 불 꺼진
그늘 때문이겠지

무턱대고 걸어 들어간 그곳에서 놓친
당신의 손목 다시 못 찾고

불현듯 혼자 빠져나왔기 때문이겠지

그런 줄도 모른 사이
봄이 훌쩍 떠났기 때문이겠지

아버지

더는 한숨짓지 않는

쾅쾅, 쾅쾅
사방에 못을 박지 않는

욕설을 내뱉지도
액자를 부수지도
지팡이를 휘두르지도

않는
않는

느닷없는 고함이나
예상치 못한 분노의 기운
사라지고 없다

집이
이토록 고요한 장소였던가

혼자 있을 때 자주 눈물을 흘린다
그립거나 애통해서는 아니다

사랑받고 싶었으나 받아본 적 없는
사랑을 줄 방법을 연구하지 않은

늙은 아버지가
몸만 자란 어린아이라는 걸

뒤늦게 알았다
알고도 모르는 척했다

도덕 선생님

운구차는 느릿느릿 운동장을 돌았다
조회 대형으로 선 아이들 중
누군가를 찾아내려는 듯

콘크리트 교사 4층엔 가정실습실 말고도
상담실이 있다는 걸 알게 된 건
중학교 2학년이 되던 해 봄

수업 태도가 좋더구나, 라는 말에
그럴 리가요, 라고 대꾸하고 싶었으나

처와 일찍 사별했다고 했다
아들 내외가 이민을 떠난 지도 몇 해
혼자 지내는 일이 쉽지 않다고 했다
어째서 내게 그런, 이라는 생각을
오래 되풀이했다 사별과 이민
같은 뜻이었을까 두 낱말 모두
그날 처음 들은 말

처음은 좋지도 나쁘지도 않다
그 순간에는 모른다

급성맹장염 수술을 마치고 등교하던 날
복도 저 끝에서 달려와 밭은 숨 몰아쉬던 그를
얼마나 피하고 싶었는지

그해 가을 언제부터 불려가는 일이
없어졌다 다행이라고만 생각했다
암 투병이라는 낱말을 들을 때도 그랬다
무슨 일이 일어날지 알 수 없었다
처음에는 좋은지 나쁜지 알 수 없다

탁자 아래

실수였어 엎지른 거야
— 끼얹고 싶었어 뒤집어쓴 너는 알지

너무 예쁜 당신, 행복해 보여
— 망치고 싶어서 견딜 수가 없었어

지독한 현기증 때문이었는데
— 이제 정신이 든 척해도 되겠지

사지가 뻣뻣해진 거 봤잖아
— 그래도 못 믿겠다면

이런 경우는 처음이야
— 적어도 너의 경우에 한해서

더는 말하지 마 알고 싶지 않으니까
— 주어의 자리를 그에게 내주기 싫으니까

밤늦은 역사에서의 독서

다음 페이지를 펼쳐들었을 때
세례자 요한의 목이 잘리고 있었고

머리가 하얗게 센 부랑자 여자는
비닐 씌워진 쓰레기통을 뒤지고 있었다

밑바닥까지 휘저었으나
이상한 열기에 들뜬 금요일 밤은
일회용 컵도 우유갑도 죄다 빈껍데기

하행선 전철을 기다리던 내게는
역 앞에서 산 햇사과도 한 봉지 있었는데

남자일 거라고 여겼던 사과 장수는
남자처럼 풍화된 중년의 여자였다

선입견 없이 세상을 살아가기는 어렵다

소득 없이
부랑자 여자가 자리를 떴다

토막 낸 시체라도 욱여 담은 듯
묵직하고 커다란 가방을 힘겹게 끌면서

껍질이 퇴화한 달팽이 한 마리가
머릿속을 기어갔다

역사驛舍로 진입한 전철이 다급하게 속도를 줄였다
벤치에서 일어나던 누군가가 커피를 쏟았다

그들이 떠난 자리가 지나치게 투명했다

강아지 울음소리 요리법

  엄마는 개를 싫어해 강아지, 라는 소리만 들어도 질
색 그런데도 녀석을 엄마에게 선물했어 귀가 축 늘어지
고 눈이 동그란 새끼 코커스파니엘 아무리 야단쳐도 녀
석은 하루가 멀다 하고 화초를 망치고 신발을 물어뜯어
아무 데나 오줌을 싸

  턱을 괴고 밤늦도록 생각하곤 했어 나쁜 남자가 싫으
면서도 그런 남자와 사랑에 빠지는 나의 취향에 대해서
엄마, 그 녀석이 낑낑거리는 소리 듣고 있어? 외로운 거
겠지 엄마처럼, 잘해보려다가 매번 실패하는 아빠처럼
아빠가 진 빚을 갚느라 청춘을 바치기에 나는 지나치게
젊어 그리고 늙었어 마음이 아흔 살 넘은 노인이야

  여행하고 싶다는 말 입에 달고 살았지 도망칠 채비였
던 건데 미안, 이제 어떻게든 그 녀석과 친해져야 해 엄
마, 어떻게 해도 외로움이 가시지 않거든 그 녀석의 울음
소리를 통째로 냄비에 쓸어담고 재빨리 뚜껑을 닫아 그
리고 두 손으로 꼭 누르고 떼지 마 잠잠해질 때까지 어

떤 비명이 들려도 열어선 안 돼 더 자세한 요리법은 작별
인사 대신 냉장고에 붙여두었어, 안녕

다시 한 번

그때 그곳
다시 한 번 존재한다면

장밋빛 뺨 그 무엇보다 보드라웠고
분별없이 세상을 사랑하느라
세상과 불화했던 나날들

무릎과 팔꿈치의 상처는 금세 아물었으나
자주 덤불 틈이나 지하창고 입구에 숨어들어
어스름 밀려드는 저물녘의 서늘한 대기
어두컴컴한 시멘트 냄새를
스스로 감당해야 할 슬픔으로 이해하곤 했다

아침나절의 지나친 눈부심과
정오의 예외 없는 분명함이 모호해지는
시간과 공간

악취 나는 개천조차 저물녘이면

빛의 날카로운 입자를 너그러이 품어 흐르고
악취조차 그리워질 때

아무것도
아아, 아무것도 바꾸지 않을 테니

그때 그곳에
백치 같은 얼굴로 잠시 쪼그려 앉아
여리고 자그마한 육체를 충분히 호흡하면서
아무것도 아니었으나 아무렇지만은 않았던 순간을
그때보다 더 섬세하게 느끼고 싶으니 부디

엉망이라는 비질서와 진창이라는 바닥에서
우리 함께

정기석(시인·문학평론가)

1. 그러니 다만

> 한 페이지도 읽은 적 없으면서
> 나를, 이름 없는 나의 심정을 안다고 생각하는
> 이에게 당부한다, 한 번쯤 아름다운 상상력을
> 발휘해
> 나의 이름을 무어라 하면 좋을지
> 아파해달라고

> —「프랑켄슈타인」 부분, 『실비아 수수께끼』 중

한 편의 시는 각각 하나의 세계다. 독자는 그 세계에 침투함과 동시에 그 세계로부터 침식당한다. 하지만 세계의 벽은 꽤 공고해서, 나-독자의 세계와 시-활자의 세계 사이의 침식은 자주 일어나지 않는다. 그런데「프랑켄슈타인」의 화자는 애초 우리의 세계가 이어져 있었다는 듯 나-독자를 불러낸다. 그 목소리는 세계의 벽을 뚫는

벌레 구멍(웜홀, worm hole)이다.

화자 '이름 없는 나'는 우리에게 무명인, 우리가 모르는 모든 타인들이다. 또한 '이름'이라는 제 몫이 없는 자들, 억압받는 자들이다. 이진희 시인은 "나의 이름을 무어라 하면 좋을지" 지어달라고 하지 않는다. 이름을 지어서 '의미'를 만들어달라고 하는 것이 아니다. 손쉬운 이름표를 붙이는 순간 의미가 될는지 모르겠지만, 아픔은 멈춘다. 그러니 다만 아파해달라고.

타인에 대한 애정과 연대의 호소가 이진희 시인의 시적 뿌리다. 이는 『페이크』에도 이어진다. 하지만 뿌리를 지탱할 세계의 지반은 유효한가. 불안정성이 일상화된 세계¹에서 우리는 끝내 모든 타인에게, 다른 모든 이름 없는 타인에 대한 호소를 그칠 수 없겠지만, 그것이 얼마나 쉽게 무기력해지는지 안다. 공감에 대한 그 많은 요청은 그 이상의 회피가 있어왔기 때문이 아닌가. 이제 시인은 더 낮은 곳으로 내려간다. 상처를 헤집고 자신의 고통으로 타인에게로 가는 길을 낸다.

---

1   주디스 버틀러는 신자유주의 사회에서 사회구조적·경제적·실존적 불안정성과 불안 등에 의해 만연해진 불안정성을 '불안정성의 일상화(precaritization)'라고 쓴다(주디스 버틀러·아테나 아타나시오우, 『박탈』, 김응산 옮김, 자음과모음, 2016, 77쪽).

2. 고통의 사회화, 사회의 함께화

어떤 고통은 생명 일반의 보편적 문제에서 기인할 것이고, 어떤 고통은 지극히 사적인 이유에서 연유할 것이다. 하지만 각각의 모든 고통이 온전히 개인의 몫일까. 그것에 대한 우리의 납득과 체념은 자연스러운 일일까. 고통의 개인화는 고통에 대한 다른 물음들, 예컨대 고통에 관한 제도적이고 사회구조적인 연관성에 대한 물음을 소거시키지는 않을까.

이런 질문은 이진희 시인이 되찾으려고 했던 "새로운 답이 아닌/진부한 질문"(「사랑의 유령」) 중 하나가 될 수 있을 것이다. 세계는 여전히 엉망진창인데, 모두 아무렇지 않은 척 '페이크'를 쓰고 있지 않나. 엉망과 진창을 숨기고 그 속의 고통은 그저 각자의 몫인 양 시야를 막고 있지 않나. 오랫동안 제기되어 진부해진 질문이라고 하더라도 원인이 사라지지 않았다면 질문이 폐기될 이유는 없다. 오히려 질문을 진부한 것으로 여기게끔 만들어 질문의 내적 의미를 가리는 또 다른 '페이크'가 작동하고 있는지도 모른다.

고통스럽게 죽어간 이들이 겪은 세계
협소한 잠자리 안에 웅크리고 있었다

(중략)

어제까지 살아 있던 이들의 아침과 저녁
대신 죽어간 이들의 손과 발

도처에 널려 있으므로
그들처럼 내가 죽어가야 할 순간
차분히 헤아리며 살아야 한다

—「생활」부분

"고통스럽게 죽어간 이들이 겪은 세계"가 "도처에 널려" 있다. 세계 속 폭력의 목록을 나열하자면 끝이 없다. "복부가 전부 으깨진" 개(「그 개」)나 "다리 저는 사내"가 "여자의 뺨을 후려"치는 일(「칼」) 같은, 눈에 띄는 폭력의 장면들은 일상에 대비해 특수한 일이다. 하지만 이 특수함이 그들에게는 만연한 폭력의 일상이고, 또한 그 폭력에 대한 우리 대부분의 무딘 반응은 다분히 일상적이다. 그 무딤으로 우리는 폭력에 공모한다. 무딤의 폭력은 모두의 공모와 함께 만연하다. 눈에 보이는 폭력은 상처지만, 그것에 익숙해지는 일은 비참이다.
비참은 세계의 공기, 공해 같은 것이다. 만연해 익숙해진 고통과 비참은 드러나 있어도 지각되지 않는다. 그러므로 시인은 거듭 다짐한다. "비참한 세계의 공기를 호흡해야 하지만 우리는" "세계의 고통을 흡수"하는 사람으로 살려고 애써야 한다고(「공기 속에서」). 고통을 받으며 죽어가는 타자에게 응답(response)하고 타인의 고통에 책임(responsibility)을 다하겠다고. '나'도 '너'처럼 죽어가고 죽을 것이니, 죽음을 기억하겠다고. 우리는 쉽게 망각하니 "고통스럽게 죽어간 이들이 겪은 세계"가 '나'의 세계임을 거듭 헤아리겠다고. 세계의 상처를 드러내면서, 세계-상처를 함께 아파하겠다고.

고통받으며 살아가는/죽어가는 운명이라는 유일한 공통성과, 죽음에 대한 상상력의 불능이 우리를 우리 바깥으로, 타인에게로 열리게 만든다.

> 내가 목격한 것은 다만 검은 연기. 나에게 너는 아직도 휴학을 거듭하며 학비를 모으고 친구들과 수업 시간을 그리워하는, 강의실 안팎을 수줍게 배회하는 이십대. 우리는 서로를 몰랐지만 너는 여태 나인 것 같고, 모든 우리인 것만 같은데. 이 뒤늦은 편지를 언제 어디에서 태워 올려야 할지 나는 아직도 모르겠다.

-「옥미에게」부분

공장에서 화재 사고로 일어난 이 죽음이 단지 '옥미'의 것일 이유는 어디에도 없다. 화재는 어디에나 누구에게나 일어날 수 있다. 사고 당사자가 되는 것은 우연이지만, 여타한 구조적 문제는 희생자의 발생을 필연으로 만든다. 어째서 불이 나야 했는가, 누군가 죽어야 했는가, 문제를 우연으로 돌릴 때 무책임이 만연해진다. 그것이 단지 우연히 일어난 불운으로 취급받을 때, 죽음에 대한 책임은 누구도 지지 않는다.

그러니 아프게 질문한다. 어떤 불안정성이 일상이 되어 있는지, 억압이 어떤 다른 모양새를 가장한 채 "여태 나인 것 같고, 모든 우리인 것만 같은" '너'를 화재로 내모는지. 시인은 화재가 나의 일이 아님에 당장 안도하는 것이 아니라, 언제든 이미 나의 몫이었음을 안다. 질문을 그치지 않음으로 고통과 함께한다. 언제든 세계의 한 꺼풀을 벗기면 거기 도처에 널려 있는 폭력과 희생이 이미 나의 것임을, 모두의 몫임을 헤아린다.

3. 가면과 포장 아래: 진창으로부터

하지만 많은 폭력과 부조리들은 스스로를 은폐한다. 우리는 때로 그런 것들을 느끼고, 세계에, 사회에, 어떤 사태에 어딘가 잘못된 구석이 있다고 생각한다. 하지만 그 일에 '깊이' 개입하지 않는다. 그것은 피로한 일이고 또 그래봐야 그것에 대해 할 수 있는 일이 없다고 여기기 때문이다. 우리는 반성적으로 무력하고 분열적으로 피로하다[2]. 생존과 경쟁을 위한 효율만이 당위 명제인 세계에서 '나'는 바깥-타인으로 눈 돌릴 여력이 없다. 우리는 그저 "불완전한 세계를 몹시 불안해하면서도/무던한 표정을 가면 삼아 살아"간다(「내 의자」). 개인은 그저 사회에 유용한 것이 되기를 요구받는다. 유용한 것에만 통용되는 가능성은 다시 피로를 조장하며 순환은 반복된다. "사회 구성원으로 제대로 살아가려면" "유용한 자격증"이 필요하다며, "할 수 있어요, 용기를 내세요"(「직업학교 맞은편 사진관」) 같은 말들의 올바름과 양지바름은 그 바깥의 존재들을 용도 외의 것으로, 하찮고 비천한 것으로 만든다. 이 무용의 모욕의 "쓰디쓴" 맛을 가리라고 "달콤"한 것들(「페이크」)이 유혹한다. 우리의 고통과 비참은 유용성과 가능성의 포장에 가려지고, "더러움과 번거로움들"은 "눈앞에서만" 치워진다(「둥, 둥, 둥」). 사회적 고통과 비참은 은폐되고 우리는 사회적으로

---

2   신자유주의 사회에서 청년들이 가진 이러한 삶의 태도를 가리켜 마크 피셔는 '반성적 무기력'이라 표현했고(마크 피셔, 『자본주의 리얼리즘』, 박진철 옮김, 리시올, 2018, 44쪽), 페터 한트케는 개인이 고립된 채 자신만의 피로 속에 빠져드는 것을 '분열적인 피로'라 불렀다(한병철, 『피로사회』, 김태환 옮김, 문학과지성사, 2012, 66쪽에서 재인용).

수용되는 포장된 아름다움 속으로 회피한다. "마음을 감추느라 뻣뻣해졌"고 "뻣뻣한 몸으로 밤새 춤"추지만 벗어나지 못한다(「버티컬」).

고통을 직시하고 책임을 짊어지는 일은 어렵다. "온통 부서졌다가 다시 조립되려면/얼마만큼의 피가 필요한지" 어떤 고통을 경유해야 하는지 안다. "그게 무서워서 다시 취"한다(「어떤 사소한 감정에 대하여」). 도취와 회피가 고통의 자리를 대체하며 지속된다. 이 무한한 지연에는 지반이 없다.

> 가짜 미소와 거짓 포옹, 속삭임만 난무해
> 발밑이 쑥 꺼져 내렸어
>
> (중략)
>
> 잠 깨어 있을 때면
> 다른 환영이 흘린 이름으로 호명되었고
> 내가 꾼 꿈속에서조차 나는
> 기대앉을 자리부터 지워졌다
>
> ─「싱크홀」 부분

"가면과 피부"(「그것이 되어가는 느낌」) 위에 적당한 이름표를 달고, "가짜 미소와 거짓 포옹"(「싱크홀」)을 한다. "진짜 손을 감추고 의수를 내밀어 포옹한 나날"(「끝과 시작」)이다. 이러한 가면과 거짓은 사회적 인격을 나타내는 페르소나라거나 다른 창조적 가능성을 지닌 자아의 연장이 아니다. 단지 습관적으로 이어가는 조작된 반응이고 감각의 빈곤함이다. 이 위장막은 고통과 상처를 은폐하는 동시에 타자로 가는 길도 가로막는다. 타인에 대한, 그리고 '나'에 대한 직시가 무한히 지연된다. 여기서 타인은 물론 '나' 또한 길을 잃는다. '나'는 사라지고 없는 존재가 된다. "나는 무얼까." 진부할지언정 질문을 그치지 않는다.

매일 나는 곤충이거나 애벌레인 듯한데

밤이면 짐승이나 꿀 법한 꿈에 시달리면서도
한낮에는 천연덕스럽게
꽃이나 나무의 이름표를 가슴에 붙이고
간신히 성장하는 기분, 도무지

나는 무얼까

– 「탐구생활」 부분

여러 번 뒤집어쓴 껍질을 깨고 나온 것
단백질 덩어리일까 밀가루 반죽 따위일까

가면과 피부를 기꺼이 포기한
진짜 나

                    −「그것이 되어가는 느낌」 부분

　시인은 "다른 환영이 흘린 이름"(「싱크홀」)이나 "꽃이
나 나무의 이름표"를 떼고, 아름다움의 포장을 걷어내
고자 한다. 그래서 "창 없는 습하고 어두컴컴한 미로"(「어
떤 사소한 감정에 대하여」), "악취 나는 개천"(「저물녘의
빛」)의 세계를 드러내고자 한다. 그것이 실상 우리의 세
계임을 아는 것으로부터 '나'와 '너'의 세계가 열린다. 나
는 무얼까.
　"가면과 피부" 아래 드러나는 "진짜 나"는 고정된 아
이덴티티를 의미하지 않는다. 그것은 "단백질 덩어리"나
"밀가루 반죽 따위"처럼 이름 없는, 규정될 수 없는 어떤
것이다. '이름표'와 '형체'를 떼어낸 미규정성의 아무것도
아닌 '그것', 그러므로 '너'와 다르지 않고 언제든 '너'일 수
도 있는 '그것'이다. "꽃이나 나무"이기보다 "곤충이거나
애벌레"다. 좀 더 바닥에 가까워 비천한 것으로 치부되

는 것이다.

이러한 진창, 음습한 미로, 악취 나는 개천을 가리고 '꽃이나 나무' 같은 양지바름만을 포장하는 세계에서, 시인은 스스로 비천해지면서 세상의 비참을 드러내고자 한다. 폭력의 희생들, 세계의 잔해를 들춰내는 것은 비천한 것들과 벌레들의 곁에서 자신의 모욕을 드러내면서 가능해진다. 스스로 '벌레'임을 고백하는 시인의 자학은 누구도 짓밟지 않는 가장 낮은 곳을 향하기 위함이다. 시인은 스스로의 비천함을 '페이크'의 세계에 던진다. 깨지는 것은 반드시 벌레 쪽이겠지만, 그 깨진 만큼의 균열과 얼룩이 세상 쪽에도 생긴다. 어쨌건 벌레도 세상의 일부이니까. 이는 세계의 상처를 드러내기 위해 제 스스로 먼저 부서지는 일이다. 그러니 시인의 자학은 나르시시즘적 쾌락의 이항으로서의 자기혐오나 연민이 아니라, 어디까지나 불안과 위태로움의 옆에 서기 위함이 아닐까. '나'의 비참이, 그리고 우리의 모든 무용함이 여기 있음을 드러내면서 세계의 그것 역시 함께 드러내는 것이다. "지독한 악취 또한 떼어낼 수 없는 나의 일부"(「저물녘의 빛」)이고, 더불어 '나'의 악취 또한 세계의 일부임을. 벌레는 우글우글한 나의, 세상의 상처다.

4. 엉망-비질서의 곳에서 다시

'나'의 규정을 파기하는 것으로부터 타인이 탄생한다. 물론 그것은 고통스러운 일이다. 타인과의 소통을 위해선 스스로 파기됨을 감수해야 하지만, 소통하지 않으면 우리는 고립된 삶의 공허 속으로 무화된다[3]. 고통의 바닥에서 '나'는 '옥미'와 내가 다르지 않음을 안다. 미규정과 비천함은 타인을 향해 연 상처의 통로다. 소통은 "상처를 부정하고 눈을 감아버리는가 아니면 그것에게로 몸을 기울이는가에 달려 있다."[4] 상처의 통로로 이행하는 일은 피로 속에 무기력해지는 것에 대한 저항이다. 적당한 이름표와 위장막 속에 숨지 않는 일이다. 타인에게로 가는 길은 상처와 고통을 포기하지 않는 것, '나'와 같이 모든 비천하게 살아가는/죽어가는 이들을 울면서 기억하는 것으로부터 열린다. 삶의 '살아감/죽어감'의 동시성에서, '살아감'에 방점을 찍는 일이다. 그것이 보다 생존에 가깝다.

---

3   George Bataille, On Nietzsche, trans. Bruce Boone, London: continuum, 1992, p.24.

4   양창아, 『한나 아렌트, 쫓겨난 자들의 정치』, 이학사, 2019, 376쪽.

깊숙한 동굴에 비친 황량한 숲의 그림자
악취 풍기는 개천에서 반짝이는 저물녘 햇빛을
보석보다 아낀다

(중략)

외면당한 것들과 손잡으려 애쓴다
네가 아니라 나를 위하여
사랑한다

친구를 적처럼
구름을 명예처럼
돌멩이를 법처럼
나뭇잎을 왕관처럼

무한히 파기되는 하찮음을 무용하게 기록한다
내가 아니라 모두를 위하여

그리고 끝내
아무도 사랑하지 않고 아무것도 하지 않는다
망치고 나서 완성하기 위하여

$-$「그곳의 그것」

익숙해지면 악취도 무뎌져 악취로 느껴지지 않는다. 세계의 비참이나 고통과 같은 감각도 그와 같다. 세계의 거짓이나 가짜의 포장을 자연스러운 것으로 받아들이는 것 역시 마찬가지다. 그러므로 때로 개천의 "악취조차 그리워"하는(「다시 한 번」) 시인은 "자진하여 막다른 골목으로 들어서 길을 잃"(「그곳의 그것」)는다. 그런 곳에서야 실상 매일의 일상인 "저물녘 햇빛"도 '감각할 수 있는 것'이 된다. 결함들, 장소들, 순간들을 감각할 수 있는 것으로 만들기 위해 시인은 무능력을 선언한다[5].

이는 세상의 비참에 익숙해진 스스로의 무딤에 저항하기 위해서, 신체와 감각의 영도(zero degree)로 돌아가기 위함이다. "심장에서 잃어버린 열쇠를 찾아" 다시금 "바깥을 탐색"하기 위해서(「끝과 시작」), "다시 조립"되기 위해 "온통 부서"지는 고통을 감수하는 일이다(「어떤 사소한 감정에 대하여」).

시인은 모든 익숙한 것들의 연관성을 제거하며 무용한 것들의 비질서를 드러낸다. "외면당한 것들과 손잡으려" 애쓰고, "무한히 파기되는" 하찮은 것들을 귀하게 여김으로써 기존 가치의 위계에 대한 감각을 새롭게 재편한다. 벌레의 비천함을 자처한 것처럼, 여기서 '구름, 돌멩

---

5   조르주 디디 위베르만, 「감각할 수 있게 만들기」, 『인민이란 무엇인가』, 현실문화, 2014, 143쪽.

이, 나뭇잎이 가진 무용함은 하나의 전위를 형성한다. 예컨대, 모든 인공적 사물은 만들어진 용도 즉 쓸모의 체계로 구성되어 있다. 그것은 제 쓸모를 명령한다. 하지만 시인은 온전히 무용한 것들을 통해 "망치고 나서 완성하기 위"함이라는 용도의 영도를 만든다. 그러므로 "아무도 사랑하지 않고 아무것도 하지 않는다"는 말은 체념이나 방기가 아니라 전위적인 무위(無爲)가 된다. 벌레처럼 돌멩이처럼, 내 모든 하찮음과 무용함으로, 나와 세계를 철거하겠으니, 내게 손쉬운 이름표(명령어)를, 포장된 아름다움을 붙이지 마라.

> 완전히 이해할 수 없을지라도
> 충분히 사랑할 수 있는, 그런 사랑을 믿는
>
> ―「느린 슬픔」 부분

5. 진(眞): 저물녘 햇빛

이진희 시인이 그리는 외면당한 것과 하찮은 것들의 계보는 죽어가는 자들, 죽어가므로 비참한 자들, 삶의 비루함을 건너는 "허기진" 모든 "당신"에 대한 윤리, 그런 "당신 어서 오시라 반기는" 환대(「삼거리 국밥집」)를 기반으로 한다. 하지만 타인을 '위해서'가 아니다. 이런 '위함'은 얼마나 쉽게 위계의 위험에 빠지는가. "불행한 자를 위로하는 더 불행한 자들"(「이런 질문」)이란 표현은, '타인'의 불행을 확인하며 '나'의 '덜 불행'에 안도하는 값싼 위안에 대한 표현일 수 있다. 하지만 역으로, 더 불행한 자들임에도 보다 큰 환대의 마음으로 다른 불행한 자들을 위무해주는 어떤 이들을 가리킬 수도 있다. 대부분의 우리는 전자의 위안을 살지만, 때로 후자일 수 있기 위해 다짐한다. 다짐은 지향이되, 완결되지 않는다. 그것은 늘 새롭게 다짐하는 한에서만 유효하다. 스스로 망각과 도취에 빠지는 것을 경계하며 경계선 위에 다시 서는 것, 타인의 경계를 외롭게 또 넘어서는 것이다. 이 위태로운 긴장을 위해 시인은 가장 비천한 벌레로, 하찮은 돌멩이로 내려간다. 세상은 최적과 쾌적을 위해 아름다움을 포장하고 쓸모의 체계를 만들지만, 우리는 "하나같이" "넘치거나 모자라는 존재"들이다(「느린 슬픔」). 그러니 이것은 "네가 아니라 나를 위"함이고, "모두를 위"함이다. 그러한 개천에서는 너 나 할 것 없이 악취가 풍기겠지만, 동시에 포장되지 않은 "저물녘 햇빛" 같은 아름다움들도 보일 것이다.

페이크

2020년 6월 5일 1판 1쇄 펴냄
2020년 10월 6일 1판 2쇄 펴냄

지은이   이진희
펴낸이   김성규
책임편집   김은경 조혜주
디자인   김동선
펴낸곳   걷는사람
주소   서울 마포구 월드컵로16길 51 서교자이빌 304호
전화   02 323 2602
팩스   02 323 2603
등록   2016년 11월 18일 제25100-2016-000083호

ISBN   979-11-89128-78-4   04810
ISBN   979-11-89128-01-2   (세트)

* 이 책 내용의 전부 또는 일부를 재사용하려면 반드시 지은이와 출판사의 동의를 얻
  어야 합니다.
* 잘못된 책은 교환해 드립니다.
* 이 책의 국립중앙도서관 출판시도서목록(CIP)은 서지정보유통지원시스템 홈페
  이지(http://www.seoji.nl.go.kr)와 국가자료공동목록시스템(http://www.nl.go.kr/
  kolisnet)에서 이용할 수 있습니다. (CIP제어번호:2020021872)
* 이 책은 경기도, 경기문화재단의 지원을 받아 발간되었습니다.